公公和寶寶(四)

齊玉 編

再版序

編完《公公和寶寶》四集的兒歌之後，我發現自己好像變小了，開始喜歡跟小朋友聊天，唸自己編的兒歌給他們聽。在偶然的場合裏，每當碰到聰明活潑的小孩子，我都會藉機寫一首《公公和寶寶》裏的兒歌唸給他們聽，順道講解裏面的漫畫故事。看到他們聽完之後高興的樣子，內心總有說不出的喜悅。日前，在一場婚宴中，我同樣的為鄰座一位叫許靜怡的小女孩寫了一首我常寫的〈自責〉：「寶寶不讀書，想要玩嘟嘟。……」在我唸完之後，看著她那天真的笑容和可愛的表情，不禁回憶起二十多年前我的孩子們唸《公公和寶寶》兒歌時的模樣，往日的情景驀然浮現在眼前。

《公公和寶寶》出版至今，已經過了二十五個年頭。在這四分之一世紀漫長的歲月裏，在不知不覺中，我從自己孩子們的「爸爸」一躍而成了他們自己孩子時雨、雨澄和澄風的「爺爺」。每在聽到孫子孫女們朗讀我二十五年前所編的兒歌：「寶寶不讀書，想要玩嘟嘟。公公說不行，寶寶就大哭。……」甚至看到遠在夏威夷才一歲多的孫子毛可安聽到「……想想不應該，自己打屁股」會伸出小手打自己屁股的時候，心中感慨萬千，恍如時光倒流，自己好像又回到了從前。

這套曾被選做幼稚園教材，也被列為小學優良課外讀物，且深受老師及家長肯定的《公公和寶寶》裏面有趣的漫畫和押韻的兒歌，可以代代相傳，似乎不受時空的影響。今日我當爺爺所感受到《公公和寶寶》的教育意義與昔日當爸爸所感受到的幾乎沒有兩樣。在對《公公和寶寶》教育價值的認知上，三民書局暨東大圖書公司劉振強董事長最早認同我的理念，至今還是一樣。為了讓《公公和寶寶》更為生動活潑，劉董事長決定重新編排，描繪上色。我因生平最熱愛的這套漫畫兒歌書獲得第二春而為讀者感到慶幸，我心中也滿懷感恩。

在《公公和寶寶》彩色版問世的今天，我要由衷的再度感謝我在西德唸書時教德文課的德國老師畢爾克(Birck)先生，他首次引領我讀《公公和寶寶》漫畫的德文原作“*Vater und Sohn*”。感謝內人謝素玉昔日風塵僕僕到各小學推介這套書的辛勞。感謝我的四個孩子郁平、治平、健平和振平，他們是最早的《公公和寶寶》的讀者。感謝我的女婿杜章安、二媳林以涵和三媳林佳芸，他們對《公公和寶寶》的肯定給了我很大的鼓勵。感謝三民書局王韻芬小姐大力協助和編輯部工作伙伴的完美編排和美工設計。我更要再三感謝劉董事長，由於他的睿智卓見，《公公和寶寶》才得以出版，而今又推出彩色版。希望《公公和寶寶》不負眾望，能為孩童帶來快樂，為家長帶來啟示，為家庭帶來溫馨。

兒歌編者謹識

民國九十六年十一月十一日於臺南

序 ㄒㄩˋ

我開始編寫《公公和寶寶》兒歌是在西德進修的時候。那時我隻身在外，每想起自己遠離家庭，遠離子女，心裏總有欠負於孩子的感受。

當我編第一集中〈原諒〉時，看到漫畫裏寶寶不小心，打破石膏像，公公不但沒有責罰他，而且還好言哄慰，叫他以後做事要細心，千萬別慌忙，最後抱起寶寶，祖孫都笑了起來，是一幅多麼和諧的畫面！那使我不禁回憶多年前，小兒不慎打破了茶杯，記得那時只有三歲大的他用求恕的眼神默默望著我，我沒有原諒他，對他橫加責備，他嚇哭了。面對著這篇漫畫，想念起遠隔千里的孩子，心頭不由得湧起陣陣的難過。

去年回國後，在對待孩子方面，我時時檢討昔日的缺失，用關懷取代責罰，用鼓勵取代打罵，用溝通觀念取代強令接受。以前個性原本頑強的次子現已變得講理而靈通，孩子們和我相處得十分融洽。我發覺自己在無形中受了《公公和寶寶》的影響，尤其在管教孩子上，它給了我很多深遠的啟示。我體會到一個事實，那就是一個小小的故事有時能改變一個人的想法，而一幅有啟示性的漫畫往往能轉變一個人的觀念。

觀念通常是在自然的感受中逐漸培養起來的，「填鴨」式的教育畢竟難以生根。例如要孩子們盡孝，最自然的教育方式應是讓他們打從內心敬愛父母，感激父母。當他們看到〈樹苗易長，人苗難養〉（第一集）時，或多或少會聯想起他們自己的成長不易，因此而在他們小小的心田裏播下「感激」父母的種子。在第二集〈保護〉一篇裏，寶寶被人追打，公公立刻上前保護，是一篇強烈暗示保護自己人的漫畫，讓孩子能體會到在家要愛自己的家人，在校要愛自己的同學，以後在社會要愛自己的同胞。第三集的〈世界大同〉是希望孩子們摒除歧視和偏見，建立「天生我材必有用」，「人類生來都平等」的處世觀。在本集〈自由最可貴〉裏，灌輸孩子們「靠自己努力得來的成果才最珍貴，才最值得自豪」的人生觀。

回想以前在我編寫《公公和寶寶》時，每想到國人若干亟需改進的觀念或積習，有時感慨得拍案長歎，有時悲憤得頓足搥胸。例如寫〈隨地便溺像條狗〉（第一集）時，我感歎怎會有那麼多國人普遍缺乏衛生習慣和公德心！寫〈交通規則要遵守〉（第二集）時，我憤慨一般國人怎麼會沒有守法、守秩序的觀念！寫〈放生〉（第一集）時，我感慨有部分國人為了積「德」寧願花錢買些「動物」去「放生」，而不願做點濟世救人的「善行」去幫助深陷苦難中的「人」；寫〈保護〉時，我悲歎有些國人在家與親人不和，在社會與他人爭鬥，甚至有的還竟然引外人來打擊自己的同胞！

中華民族本是一個富有靈氣、富有骨氣的民族，如果能多給予精神上和心靈上的培養和灌溉，中華民族的每一棵民族幼苗都會逐漸成長、茁壯而蔚為有用之才，那些不良的民族習性都會因而消逝。我深信漫畫兒歌具有深遠的影響潛力，在我決心把 E. O. Plauen, *Vater und Sohn* 的德國漫畫原書編上兒歌之後，我把它視為生活中主要的一環，它成了我必須了結的心願。我所抱持的觀念是我若能早一天編完這套讀物，就能早一天讓兒童們得到一些有意義的啟示。在四年來編寫兒歌的日子裏，深深感覺到我們的下一代需要更多心靈上的啟示和精神上的關愛，今日似無大用的民族「幼苗」將是來日建設國家的「棟樑」。

像以前每編完一集後的心情一樣，在這最後一集完稿之日，內心充滿了輕鬆和感恩。在過去一年裏，先後承記者陳立礎先生、王敏祥小姐、蔡德昌先生分別在中國時報、中華日報、臺灣時報對《公公和寶寶》所做的鴻文報導；復蒙主編蔣竹君小姐在國語日報闢出專欄每週刊登一篇《公公和寶寶》，我由衷感謝。而在我出國前後成功大學師長和同仁們給予我直接間接的鼎助；又西德漢堡張大勇先生、張紹德先生，不來梅杜椿蓀先生，哥廷根蔡新先生和熱心的華僑們在我留德期間給予我的幫助更使我永誌不忘。另外我要感謝我在西德進修時曾給予我最大啟示的德文老師 Herr Walter Birck 和兩位多方熱忱助我的德國友人 Heintz Stehle 與 Martin Eckert。而一直令我懷恩的是天天為我祈禱的母親，經常鼓勵我的叔父，替我分憂的哥哥和辛勤持家為我分勞的妻子。深藏在內心無盡的感激，願藉兒童們對《公公和寶寶》的喜愛，化為陣陣春風，吹回到長滿民族幼苗的田園上。

編者謹識

民國七十一年十二月一日於臺南

公公和寶寶(四)

目次

公公和寶寶宮殿的生活

公公和寶寶孤島漂流記

公公和寶寶過了一段自由自在的日子以後，出乎意料之外的得到了很多遺產，他們住進了宮殿。現在讓我們來看看，公公和寶寶過的是怎樣的宮殿生活。

公公和寶寶

宮殿的生活

本性難移？

住進豪華宮殿裏，
公公寶寶好得意。
雖然成了大富翁，
但是本性總難移。
走進大廳裏，
還要玩遊戲。
趁僕人走開，
趕緊溜滑梯。

有句俗話是這樣說的：「江山易改，本性難移。」意思是說，一個人的本性是很難改變的。

小朋友，我們的本性真的是那麼難改嗎？其實不然。「近朱者赤，近墨者黑」，只要有好的環境，有好的教育，人的氣質和本性會慢慢變得善良而完美的。

3
公公和寶寶
4
5
6

那裏來的小鬼！

公公寶寶在睡覺，忽然聽見有「鬼」叫。
果然來了一個「鬼」，公公嚇了一大跳。
寶寶悄悄站起來，一腳把「鬼」頭踢掉。
小鬼氣得趕緊跑，公公寶寶哈哈笑。

寶寶自己曾經裝鬼嚇過公公（請看第一集中的〈鬼怪〉），他那裏還會怕這個小鬼呢？小朋友，你們認為寶寶勇敢嗎？

1
2
3
4
5
6

公公請您打！

宮殿裏面廳堂大，
祖孫玩得笑哈哈。
寶寶弄斷了牀柱，
公公氣得要打他。
寶寶趕緊想辦法，
全身披上了盔甲。
大搖大擺走過來，
「公公請您來打吧！」

3
4
5
6

怪裏怪氣

公公寶寶裝洋氣，
訂做一套新大衣，
自己以為好神氣。
來到老公公面前，
展示自己了不起。
曾祖父和高祖父，差點笑破了肚皮。
「肩膀聳得那麼高，實在是怪裏怪氣。」
還是把它脫下來，穿著便裝較適宜。

祖父
和
曾祖父

總算「講」了話

公公在臺上，本來勇氣大。
請他講句話，他卻好害怕。
用手摀嘴巴，風度實在差。
司儀急得哭，想不出辦法。
寶寶在旁邊，看了笑哈哈。
公公很生氣，抓起來就打，啪！啪！啪！
司儀笑著說：「總算『講』了話！」

小朋友，當你上臺講話的時候，你會不會用手摀著嘴巴，不好意思開口呢？聰明活潑的小孩是可愛大方的，絕不會像老鼠一樣縮頭縮腦。小朋友，你們說是嗎？

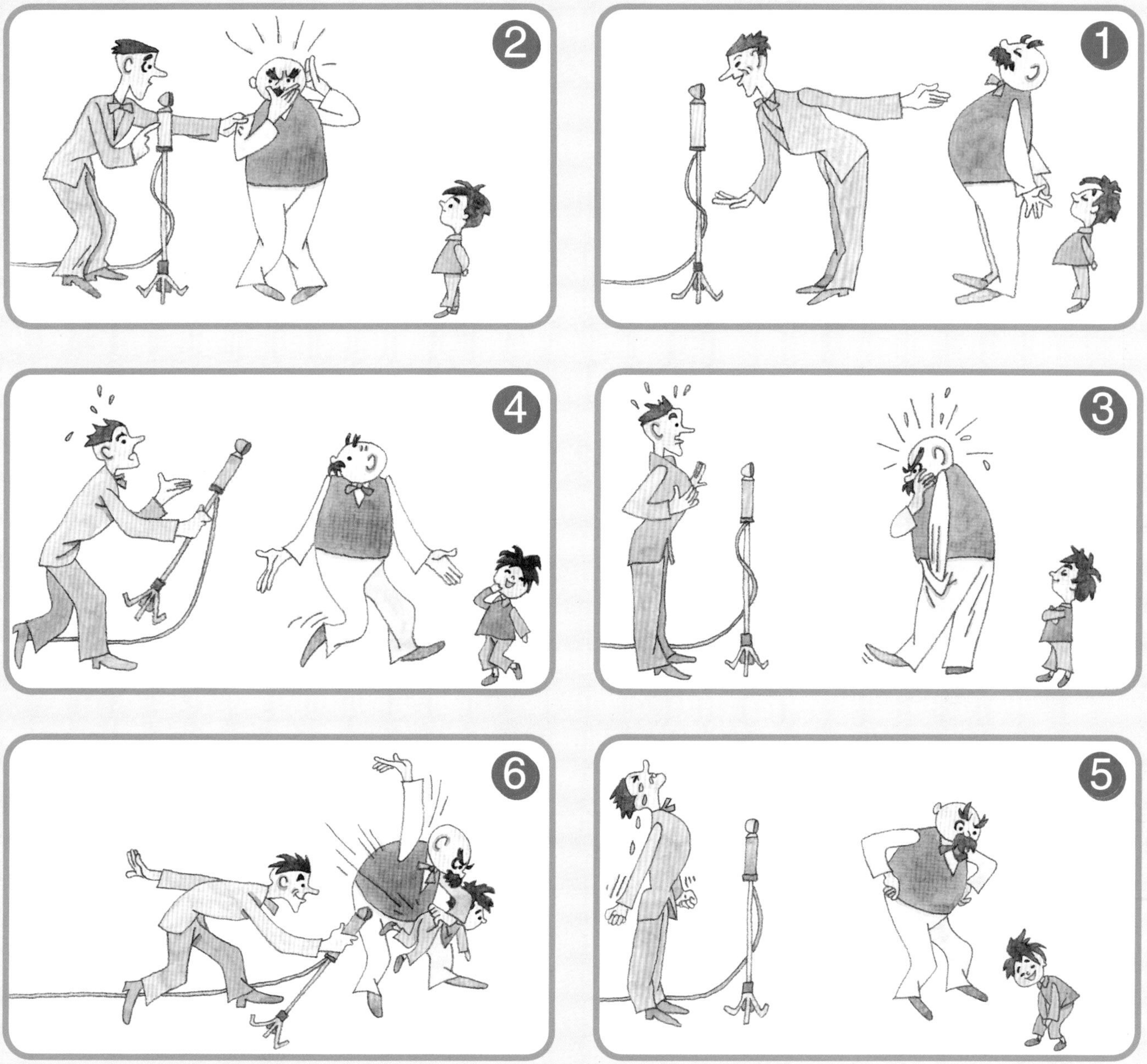
1
2
3
4
5
6

教孩子要講理

「寶寶！寶寶！快過來，公公告訴你。」

「這本書，有意義，裏面有教小孩的道理：

……

小孩無意犯了錯，大人不要發脾氣。……」

後來寶寶玩遊戲，無意打到公公頭，

公公很生氣，拿書甩寶寶，

寶寶認為沒道理。看看書上的標題：

「教小孩子要講理，不要隨便用武力。」

教孩要講
理不要隨
便用武力

自由最可貴

兩個小朋友，正在玩皮球。
寶寶想參加，可惜沒自由。
不能去遊戲，難過在心頭。
躺在牀上想，眼淚一直流。

僕人說：「寶寶家裏富有，怎麼可以跟貧窮的孩子一起玩呢？」公公聽了，就把寶寶喊回去，寶寶心裏好難過。事實上，只要是好孩子，大家怎麼不可以在一起玩呢？為什麼要分「富有」和「貧窮」呢？

一提起貧窮和富有，我就聯想起我讀小學的時候班上發生的一件事。直到現在，我還記得很清楚；而每當我回想起來的

A7
4901

時候，仍然憤憤不平。小朋友，想不想聽我講這個故事呢？

那時候，我在臺南市公園國小讀四年級。班上有位同學，家裏很窮，常常撿拾別人丟棄的鉛筆頭寫字。雖然他是個窮孩子，但是很用功，心地很善良。班上有另一個同學，自以為家境富有，經常對其他同學逞威風。有一天，外面下著大雨，下課鈴響了，大家不能出去玩。這個富同學想出了一種遊戲。他拿了一枝用得半長不短的鉛筆，問那位窮同學要不要，窮同學點點頭。富同學說：「想要的話，得玩一種遊戲。」他指著教室外，「你要跑到圍牆那邊再跑回來，我才把這枝鉛筆給你。」聽了這句話以後，窮同學猶豫了一會兒，就冒著大雨，衝出教室，飛也似的奔向對面很遠的圍牆，然後再轉身跑回來，全身都淋溼了。富同學看了哈哈大笑，很得意的把那枝短鉛筆給了他。

到現在，我還記得那位窮同學的那副可憐相，更忘不了那個富同學那種驕傲、神氣的樣子。仔細想想，那位窮同學未免太沒骨氣，而那個富同學也實在欺人太甚了。

對那些家境清寒的小朋友們，我希望他們不要因為窮而喪失志氣。俗話說得好：「人窮志不窮。」只要好好努力，奮發向上，他們將來一定會遠離窮困的。對那些家境富有的小朋友們，我希望他們不要以為家裏有錢，就因此而驕傲，就因此而神氣。他們應該知道：家裏的財富，可能是來自他們祖先的遺產或是由於他們父母辛勤工作得來的。他們只是有幸出生在那個富有的家庭而已。他們既沒有付出心血，也沒有付出勞力，怎麼還好意思用那些不是他們自己努力而得來的財富，在別人面前炫耀，在別人面前驕傲呢？那些自己不會好好努力，不好好讀書，而只會在同學面前展示自己家裏有錢的小朋友們，是無知而應該感到羞愧的。富有不是光榮，貧窮也不是罪惡，只有憑努力得來的成果才最珍貴，才最值得自豪。各位聰明的小朋友，你說是不是呢？

不含手指頭

寶寶在含拇指頭，
看來像個小笨頭。
公公把僕人叫來，
舉起寶寶的『右』手，
吩咐那個僕人說：
「別讓寶寶含『指頭』！」
僕人會錯公公意，

等公公走了以後，
含起寶寶的『左』手，
實在是個大笨頭！

小朋友，別人說的話，我們要聽清楚。假如聽頭不聽尾，或只聽片段，斷章取義，就會鬧出笑話來，像圖中的僕人會錯公公的意思一樣。

小朋友，你們有沒有含指頭的習慣？如果有，請快快改過來。含手指頭不但髒，而且還會像寶寶那樣看來像個小笨頭呢！

聽話的僕人

公公要僕人打拳，僕人說了聲：「遵命！」
等寶寶打完了鑼，一拳打上公公臉。
鞠個躬，說聲「抱歉！」然後就退到一邊。
公公被打昏了頭，坐在地上，真可憐。

宮殿裏的僕人是惟命是從的，僕人正在做清潔工作，公公要他過來打拳。他以為要他揍公公一拳，於是出拳打上公公的臉。自以為做好了主人吩咐的事，向公公一鞠躬，又繼續去做原來的工作。這樣的僕人真像機器一樣，難怪公公和寶寶都覺得莫名其妙了。

1
2
3
4
5
6

「驚人」的禮物

公公寶寶真有福，
收到一份大禮物。
打開盒子看一看，
原來是個「大動物」。
小朋友，
你說可惡不可惡？

禮物盒裏藏了一隻大惡狗，萬一咬傷了人，該怎麼辦呢？

這樣的惡作劇，實在是太過分了。小朋友，你們說是嗎？

救命第一

寶寶掉到水池裏，公公心裏好著急。
僕人聽到了命令，立刻跳進到水裏。
誰知他無能為力，還要別人救自己。
幸好公公會游泳，把他們統統救起。

小朋友，大家都希望做一個勇敢的孩子，對不對？但是可別忘記，沒有實力的勇敢是「螳臂當車」的「愚勇」。試想，一隻小螳螂很勇敢的伸出牠的小胳臂去擋火車輪，自不量力，豈不是白白送死？一個不會游泳的人，看見別人掉到水裏，便勇敢的跳下去救人，不但救不了別人，反而還會賠上自己的生命。

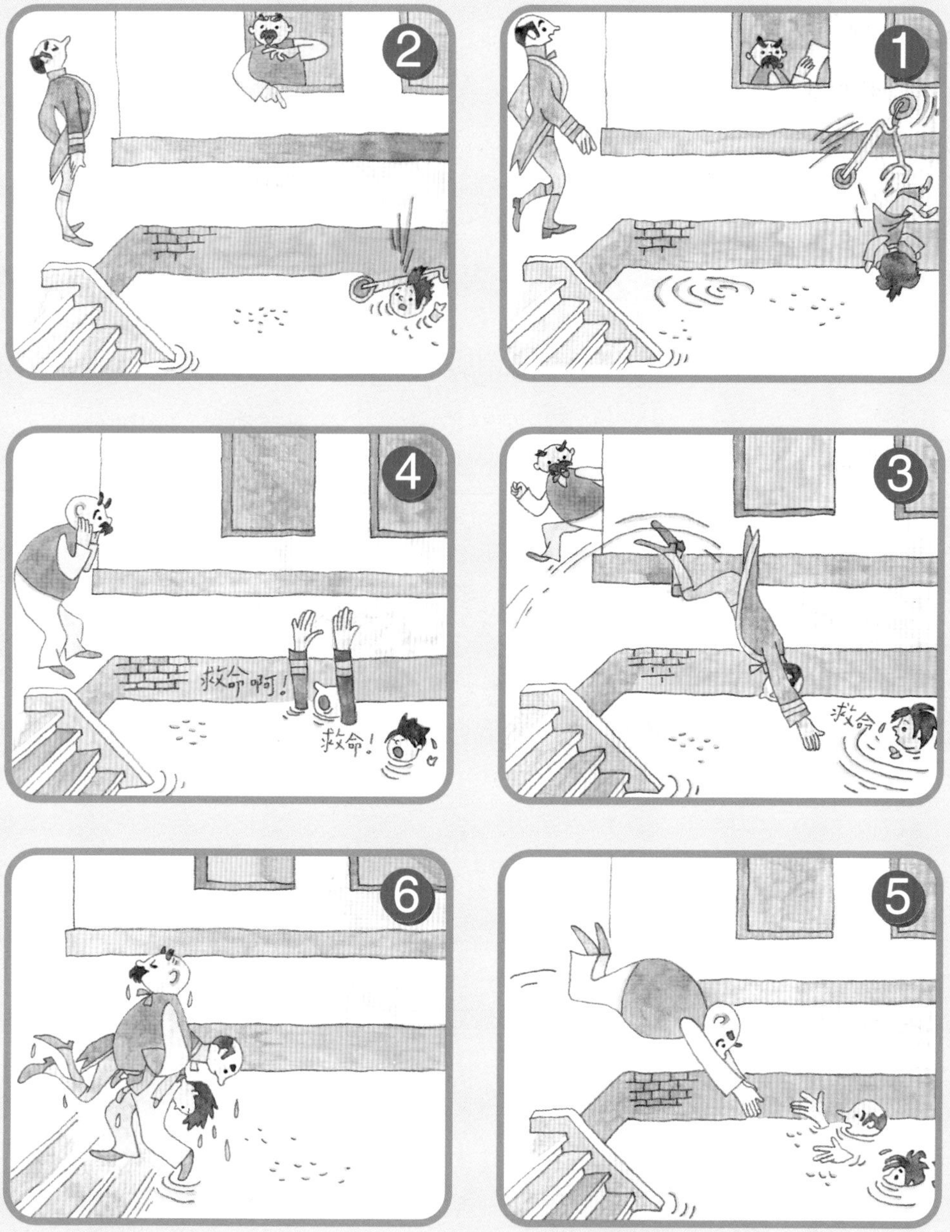

圖中的那個僕人，可說是個沒有頭腦只有「愚勇」的呆子，幸好公公救了他，不然他早就……。

惡作劇

公公要去看歌劇，不帶寶寶一起去。
寶寶氣得哇哇哭，在家來演惡作劇。

有些父母外出，把小孩留在家裏，是非常危險的。尤其是有的父母外出時，還把孩子反鎖在屋子裏，那更危險。報上曾經登過這樣的新聞：有幾個小兄弟，在家裏玩點火的遊戲，結果失了火，因為門已經被他們外出的父母反鎖住，他們跑不出去，結果都被燒死了。這是多麼不幸啊！幸好公公沒有把寶寶反鎖在房子裏，而寶寶也沒有玩火。要不然，萬一發生了什麼意外，我們就再也看不到寶寶了。小朋友，你們說是不是？

1

2

3

香腸和龍蝦

龍蝦大！大龍蝦！公公寶寶想吃牠。
誰知殼硬螯又大，切不動也砍不下。
還不如買根香腸，吃起來輕鬆，
味道也不差。

飲食講究的是便宜、營養和衛生，不在擺排場，裝闊氣。無謂的浪費並不表示富有，那只表示愚笨。聽說有一個人為了炫耀自己的財富，花了將近一萬塊錢吃一碗鰻魚線（鰻魚苗）。可能他自以為「了不起」，但是，我們會說他「愚不可及」。小朋友，你們認為呢？

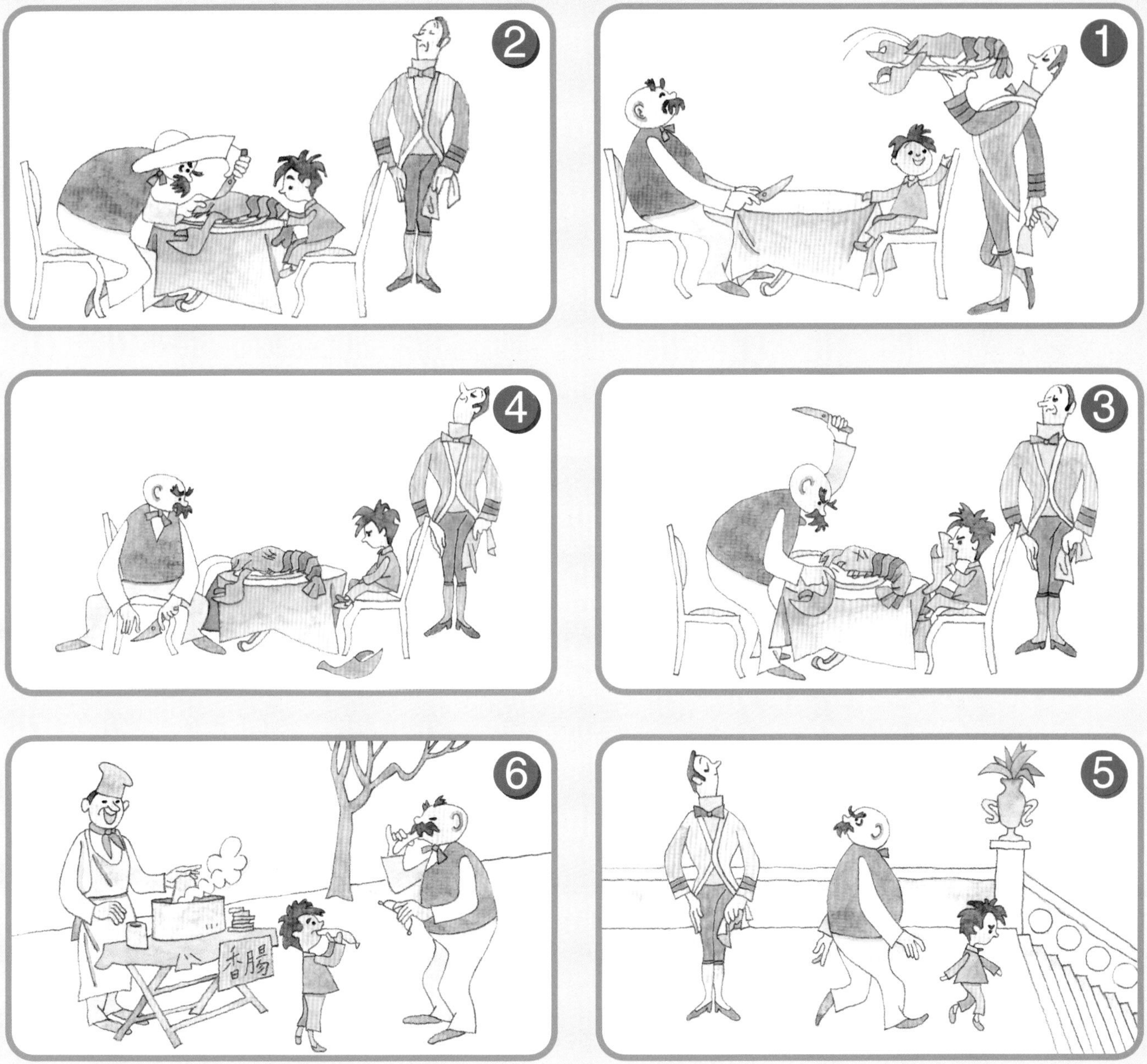
香腸

得寸進尺的夢想

浪子在路旁，手搖音樂箱，
唱著「念故鄉」，可憐又悲傷。
公公寶寶受感動，哭得淚汪汪。
送他幾千塊，願他早日回故鄉。
誰知第二天早上，
擺出了大管風琴，還請音樂家幫忙。

在德國有些城裏的鬧區，常常能看到有些人在街頭或路邊賣唱或演奏樂器，他們有的是在練習；有的是希望路人欣賞他們的表演；其中有些是生活無助或殘缺（如盲人等）或流浪的人，他們都希望得到一些賞錢。圖中的流浪漢得到了公公賞給他的幾張千元大鈔，以為搖搖小音樂箱就能得到這麼多錢，於是異想天開，第二天請了音樂家來彈管風琴，他以為可能得到更多的錢（說不定好幾萬塊錢哩）。這就是得寸進尺的夢想。小朋友，你們說說看，他的夢想能實現嗎？

4

3

5

公公和寶寶過了一段富貴的宮殿生活之後，決定到很遠很遠的地方去旅行。他們上了船以後，到底去到了那裏呢？小朋友，讓我們來看看吧。

公公和寶寶
孤島漂流記

海上漂流

他們坐船去旅遊。
在海上，
看到水面有隻手，
好像在向人求救。
公公寶寶跳下水，
才發現
那是指路的木頭！
眼看著輪船開走，只好在海上漂流。

請由此進
請由此進

漂上孤島

他們漂上了孤島，肚子餓得咕咕叫。
公公想要吃麵包，寶寶想要吃蛋糕。
看到岸旁有木箱，馬上就動手去撬。
打開木箱來一瞧

原來是臺大鋼琴。
且來彈一曲小調，結果越彈越無聊。

請由此進

公公要火我來點

他們拆下了琴弦，做了一隻弓和箭。
咻——的一聲，射到一隻大野雁。
公公鑽木又擊石，只見火花不見煙。
「原來公公您要火，請讓我來幫您點。」

育樂可以調劑身心、陶冶心性，它能使我們的生活變得更充實、更美滿，但是我們卻不能拿育樂來當飯吃。小朋友，你們說是嗎？這就像蔥、蒜、薑、鹽、醋等等是食物的調味品一樣，它能使食物的味道變得更美好、更可口，但是我們卻不能拿調味品來充飢。小朋友，當你們肚子餓的時候，你們會想什麼？麵包、飯或是醬油、鹽巴呢？你們說說看。

1
2
3
?
4
5
6

公公真英勇

公公坐在岸邊吹涼風，寶寶躺在旁邊做清夢。

忽然嗡——嗡——嗡，飛來一隻大黃蜂，

公公嚇得向後仰，一聲「撲通」，掉到水中。

過了一會兒游上岸，

三個海星附前胸，像三星上將的英雄。

寶寶向他敬個禮，「公公，您『真』英勇！」

小朋友，公公看起來好像很英勇，其實他是不是真的很英勇？你們說呢？

1
2
3
4
5
6

設法捕魚

水裏有好多條魚，在岸邊游來游去。
公公寶寶想捉魚，可惜沒有帶魚具。
脫下長褲當魚網，捕到四條大肥魚。
就地生火架上烤，香味四溢真有趣。

俗話說得好：「山窮水盡疑無路，柳暗花明又一村。」每當公公和寶寶遇到困難的時候，他們總是想盡方法去克服它。他們知道，如果遇到了困難就怨天尤人，生氣懊惱，是無濟於事的。所以公公和寶寶看見水中的魚，就馬上動腦筋，設法捕捉。假如他們不會想辦法，那只有白白挨餓，望「魚」興歎了。

1
2
3
4
5
6

白日夢

兩人在島上徘徊，偶然看到一棵麥。

公公說：

「把麥子撒到地上，會長更多麥子來。

然後把麥磨成粉，做成麵包、蘋果派。」

寶寶越聽越高興，公公越說越愉快。

正在得意的時候，

小鳥啄光了麥子，就唱著歌兒飛開。

剛才做的白日夢，飛上了九霄雲外。

海獺本領大

海獺本領真正大，
牠不但會築堤壩，
還是「啃」樹的專家。
公公寶寶想方法，
捉了一隻海獺來，
砍樹不用再勞駕。
樹幹一根根倒下，搬來做木屋支架。
木屋蓋好去睡覺，卻被海獺給啃垮。

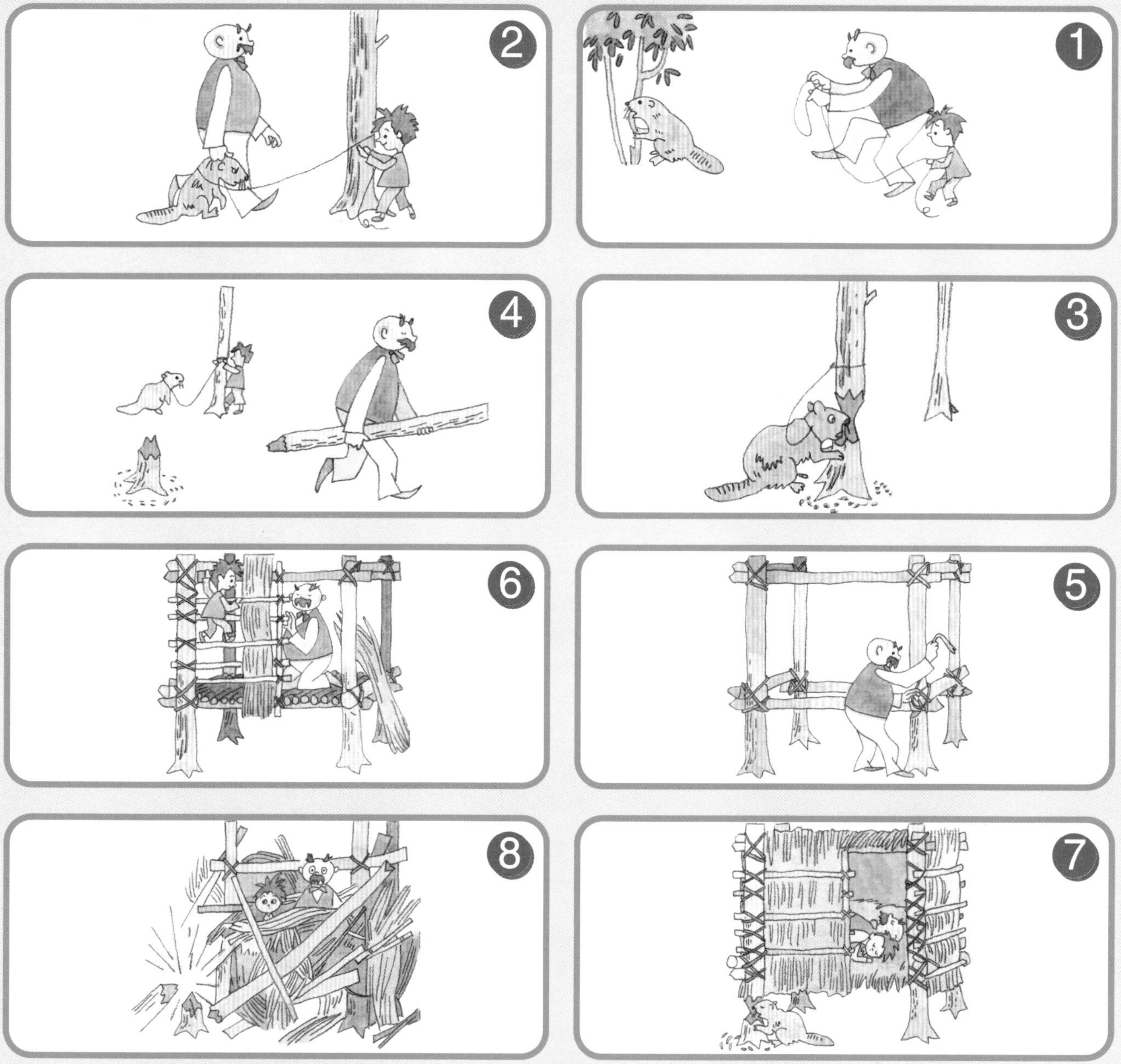

制伏了花豹

花豹在後面猛追，公公寶寶拼命跑，
看這樣子逃不掉。
糟糕！糟糕！公公吊帶給咬到。
沒有把樹枝抓牢，「砰」的一聲往後彈，
剛好把花豹壓倒。公公顯得很自豪，
「寶寶！寶寶！你來瞧！我制伏了這花豹！」

小朋友，你們認為公公真有那麼大的本領制伏了花豹嗎？
你們說說看。

袋鼠朋友

老鷹叼著小袋鼠，正要飛到半空中。
寶寶看了氣沖沖，搭上箭來一拉弓，
正好把老鷹射中。袋鼠媽媽好感動，
握著寶寶的小手，
「你真是袋鼠寶寶救命的小英雄！」
寶寶笑著說：「這不算什麼大功，
請帶我去找公公。」
公公看到了袋鼠，實在想不通：

公公和寶寶

「那裏來的怪動物，怎麼一蹦又一蹦？
而且還會叫『公公』！」嚇得趕緊拼命跑，
像逃命的可憐蟲。最後把情形弄懂，
大家坐下吃果果，一團和氣樂融融。

小朋友，「袋鼠」的英文是KANGAROO，讀音有點像「看家鹿」，這字是怎麼來的呢？你們要不要聽這個有趣的故事？

聽說以前英國人剛到澳洲，第一次看到這種動物的時候，覺得牠長得很奇特，前腿短，後腿長，尾巴粗大，母袋鼠的腹部還長出個袋子，可以裝小袋鼠，跑起來一蹦一蹦的。就問土人，那是什麼動物，土人說：“KANGAROO!”以後英國人就把袋鼠叫做“KANGAROO”，其實土人說：“KANGAROO”是「不知道」的意思，因為土人也不知道那是什麼動物。小朋友，你們覺得好笑嗎？

老醉翁

有一天，
漂來一個大圓桶。
上面的外國字，
寶寶看不懂，
回頭問公公。
公公說：
「那是一個實驗桶，
裏面有些大怪蟲，

千萬別去碰！」
到了半夜，
公公喝了大半桶。
天亮以後才回去，
成了一個老醉翁。

RUM是甘蔗汁製的糖酒，公公故意哄寶寶說那是實驗桶，結果自己喝醉了，回來告訴寶寶說，他看到好多怪蟲，寶寶覺得好奇怪。小朋友，你們說說看，為什麼會這

樣呢？你們有沒有聽說酒喝多了會使人神志昏迷，而且還會傷害身體？

我們多會一種語言，就多一分用處，英文是最通用的世界語言，對以後學習科學有很大的幫助。小朋友最好及早去學，起碼先要把二十六個英文字母學會，例如ABCDEFGHIJKLMNOPQRSTUVWXYZ。

來的是海盜

公公和寶寶，困在小孤島，心裏很苦惱。

想回去看曾祖父，只有在夢中尋找。

說來也真巧，剛剛在夢想，一艘船就出現了。

以為有人來營救，他們樂得蹦蹦跳，

結果來的是海盜！

公公的錢被搜跑。

兩人大眼瞪小眼，四行眼淚往下掉。

曾祖父

鴿子你真好！

鴿子好！鴿子好！鴿子你真好！
請你幫忙來送信，快救公公和寶寶。
要你飛，你不飛；
對你叫，你又好像沒聽到！
真把我們給氣倒。
實在拿你沒辦法，只有把你宰來烤！

快救公公和寶寶
快救公公和寶寶

工具比較有用處

孤島生活真辛苦，漂流日子很難度。
就算有很多金錢，一點也沒有用處。
用錢換不到食物，用錢砍不倒樹木。
還是圓鍬和斧頭，更比金錢有用處。

公公要砍樹，卻沒有合適的工具，結果累得滿頭大汗，真是事倍功半。小朋友，這就是「工欲善其事，必先利其器」的道理，這句話的意思是說：想要把工作做得好，一定先得要有好的工具。

1000塊金幣
海盜財產

羊兒哈哈笑

羊兒羊兒真會跑，

公公寶寶追不到，實在很氣惱。

拿把小圓鍬，挖個大陷阱，上面鋪層草。

第二天，寶寶起得早，看不到公公，

大聲來喊叫。找到陷阱邊，

「哇！公公！您自己先掉下去了！」

羊兒樂得哈哈笑。

德國有一句俗話：「挖陷阱的人自己往往會先掉下去。」

小朋友，你們覺得有沒有道理？

1
2
3
4
5
公公和寶寶
公公!
6

別太早得意

野馬「野」，野馬「野」，野馬正在吃樹葉。
等我騎到牠背上，看牠還會不會野。
儘管牠狂奔亂跑，儘管牠後仰前跌，
我總抓緊馬鬃，不鬆懈。
「你看牠服了吧！不會再『撒野』！」
沒想到野馬最後有一絕，
輕輕把兩腿一彈，差點把公公摔癟。
野馬還是照樣「野」，
寶寶笑著問公公：「您有什麼感覺？」

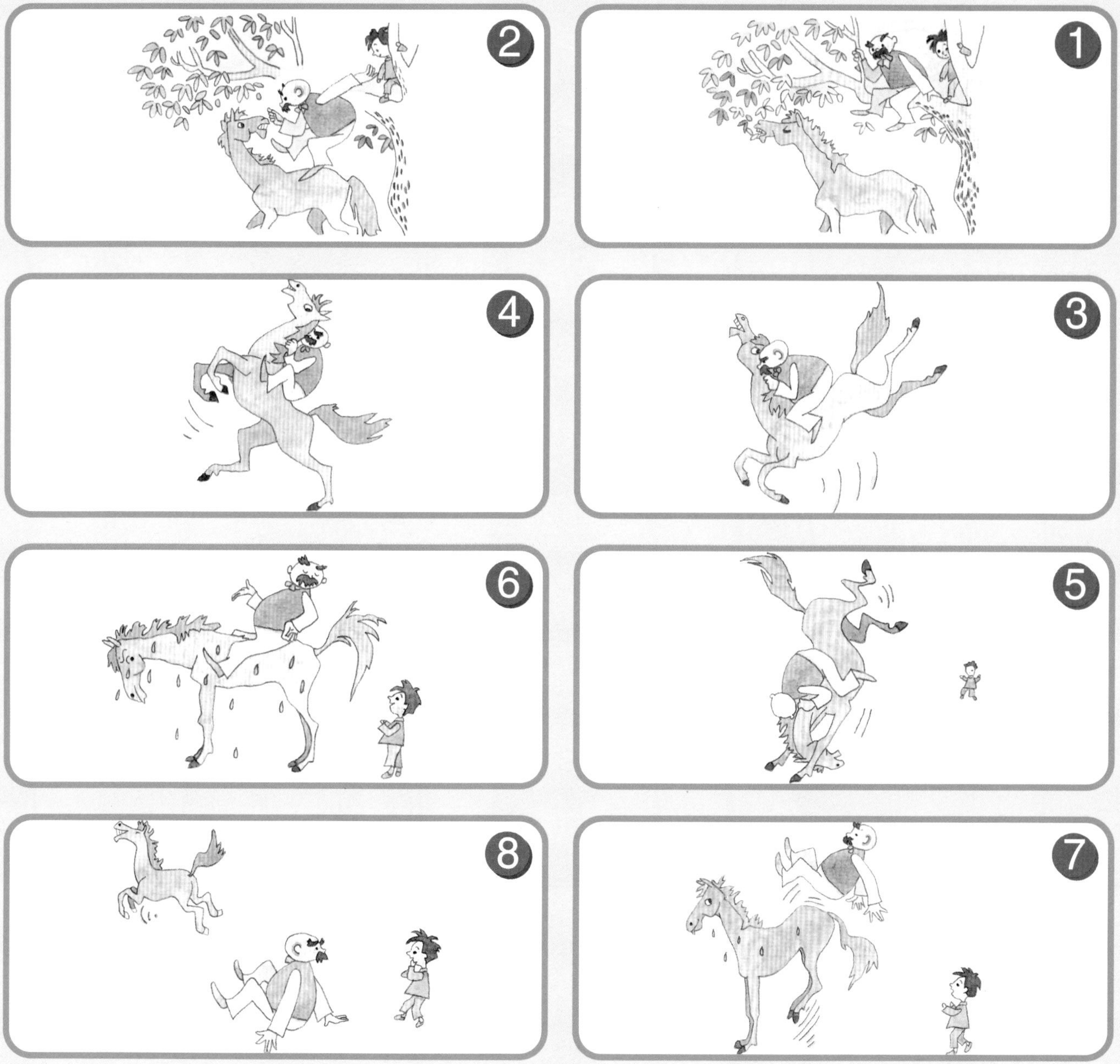
1
2
3
4
5
6
7
8

精神食糧

公公寶寶在散步，
看見水面有本書，
費盡辛苦撈上來，
以為是本好讀物，
原來卻是電話簿，
兩人看了氣呼呼。

小朋友，在孤島上沒有電話，要電話簿有什麼用呢？公公和寶寶很久

看不到書，缺乏精神食糧，生活非常枯燥乏味。

有人說，要培養一個有用的人才，需要兩種食糧：一是物質食糧；一是精神食糧。食物、飲料屬於物質食糧，如果沒有它，我們就無法活下去；書本、報刊等等屬於精神食糧，假如缺乏了它，人會變得愚昧、無知。所以只注重物質或只偏重精神，都是各走極端、不合常理的，最好是不偏不倚，把兩種食糧做適當比例的調配。這種既不唯心（只重精神）又不唯物（只重物質）不偏不倚的觀念，也符合「中庸之道」呢！

得救

公公脫衣要游泳，
上衣自己會移動？
原來公公把衣服
「套」上了潛望鏡筒。
艇長打開艙門看，
發現寶寶和公公。
他們無意得了救，
高興得難以形容。

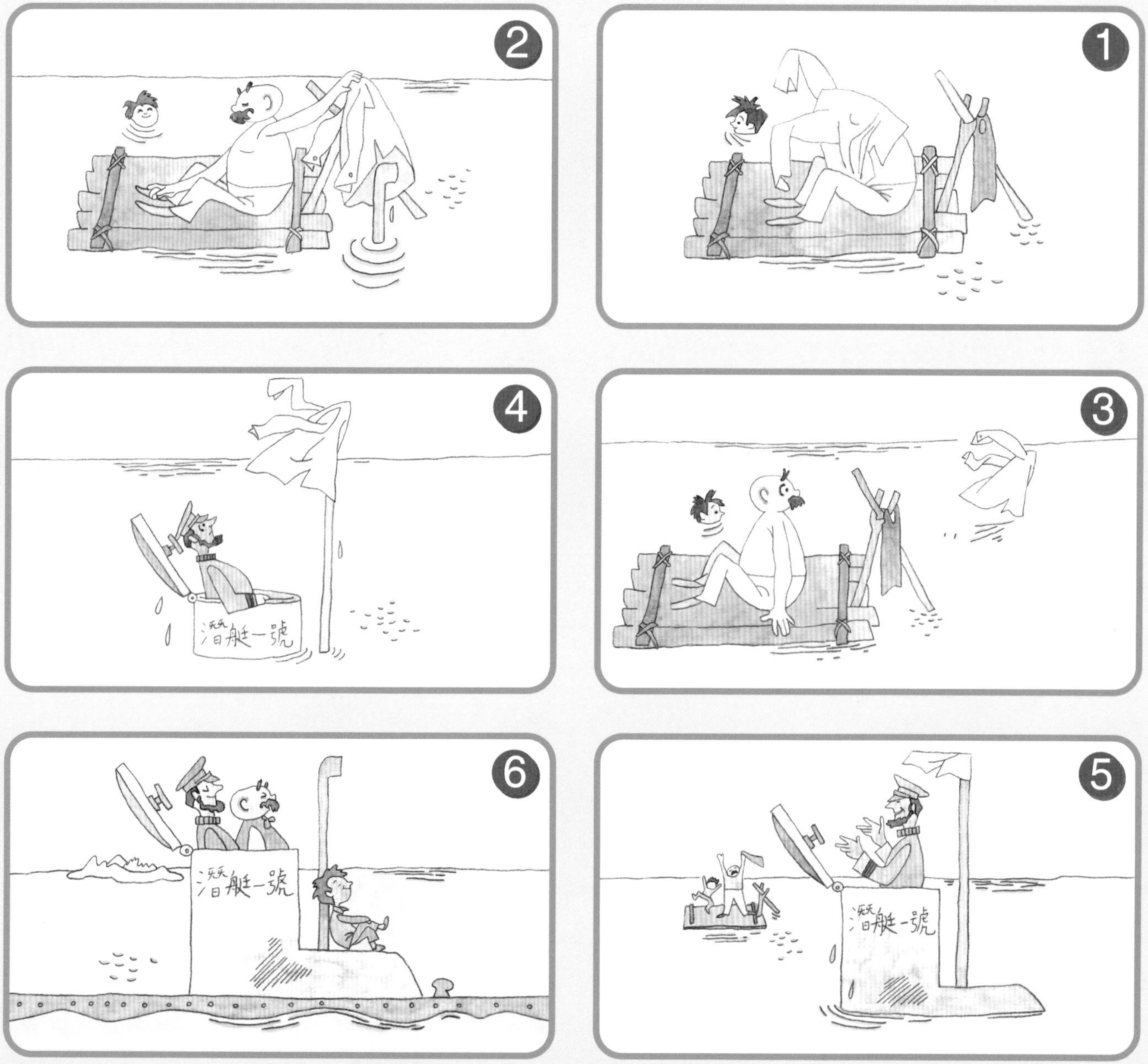
潛艇一號
潛艇一號
潛艇一號

回到宮殿來

公公帶寶寶，回到宮殿來，故意裝做老乞丐。

僕人不知是公公，要他「滾」出大門外。

「你們兩個大笨呆，以為我真是乞丐？」

僕人鞠躬陪不是，「主人！請您別見怪。」

先請他們洗個澡，再為他們做大菜。

兩人狼吞又虎嚥，「撐」得東倒又西歪。

小朋友，如果餓了很久，不要一下子就吃得太多，也不要吃得太快，否則很可能會撐死。公公和寶寶沒有撐死，運氣真好。小朋友，搬東西的時候，不要一下子出很大的力氣，這樣會傷到筋骨。還有剛運動過後，汗流浹背，不可馬上沖冷水澡，否則容易發生意外。以前有個學生，打完球後，全身大汗，他沒有先休息一下，就立刻到浴室將一盆冷水從頭上沖下來，結果當場昏倒。又運動後不要馬上喝冰水，慢慢的喝才不會傷害胃腸。還有，你們有沒有注意到每當天氣忽冷忽熱變化時，最容易使人感冒？這些都是因為我們的身體不能適應急遽變化的緣故。小朋友，你們現在了解這個道理了吧？

公公寶寶好失望

公公寶寶到處逛，看到好多怪現象：

這裏有公公寶寶四重唱，

那裏有公公寶寶的西裝，

還有公公寶寶煙灰缸！

他們心裏想：

誰把我們畫成這滑稽相？

別人都和我們長得一樣？

我們的『頭』竟然堆滿了桌上！

他們看了好悲傷，好失望。

小朋友，公公和寶寶來到人間是希望天下父母和孩子們能從他們的漫畫故事中得到一些好的啟示，使大家生活得和諧而愉快。但是有些人卻利用他們做廣告去賺錢，難怪他們會傷心、失望了。最後他們決定要到那裏去呢？小朋友，翻到下一篇就知道答案了。

公公和寶寶
特技表演

星星和月亮

秋天到了，秋風起。
吹來一陣清涼意。
黃葉紛紛飄滿地，
天地間一片靜寂。

公公牽著寶寶手，
一步一步慢慢走，
走到荒涼的郊野，
走向茫茫的天邊。

親愛的小朋友：
我們要走了，以
後再見。祝你們
快樂 公公和寶寶上

他們走著，走著，
越走越遠，越走越高，
最後他們走過朵朵雲彩，
走上了天空。
公公走進了月亮，
寶寶走上了星星。
在靜靜的夜空裏，
公公還一直對著我們微笑，
寶寶還不斷向我們眨眼呢。

5

6

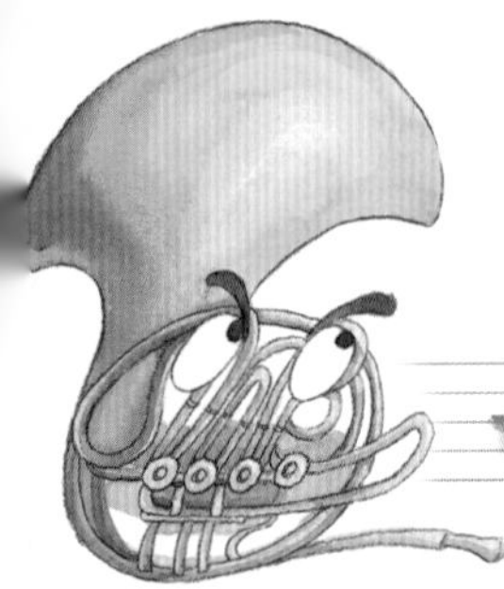

兒童文學叢書

音樂家系列

沒有音樂的世界，我們失去的是夢想和希望……

每一個跳動音符的背後，到底隱藏了什麼樣的淚水和歡笑？
且看十位音樂大師，如何譜出心裡的風景……

ET的第一次接觸——巴哈的音樂	王明心／著◆郭文祥／繪
吹奏魔笛的天使——音樂神童莫札特	張純瑛／著◆沈苑苑／繪
永不屈服的巨人——樂聖貝多芬	邱秀文／著◆陳澤新／繪
愛唱歌的小蘑菇——歌曲大王舒伯特	李寬宏／著◆倪　靖／繪
遠離祖國的波蘭孤兒——鋼琴詩人蕭邦	孫　禹／著◆張春英／繪
義大利之聲——歌劇英雄威爾第	馬筱華／著◆王建國／繪
那藍色的、圓圓的雨滴——華爾滋國王小約翰・史特勞斯	韓　秀／著◆王　平／繪
讓天鵝跳芭蕾舞——最最俄國的柴可夫斯基	陳永秀／著◆翱　子／繪
再見，新世界——愛故鄉的德弗乍克	程明琤／著◆朱正明／繪
咪咪蝴蝶茉莉花——用歌劇訴說愛的普契尼	張燕風／著◆吳健豐／繪

由知名作家簡宛女士主編，邀集海內外傑出作家與音樂工作者共同執筆。平易流暢的文字，活潑生動的插畫，帶領小讀者們與音樂大師一同悲喜，靜靜聆聽……

童話小天地

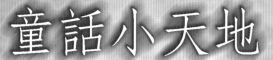

童話的迷人，

正是在那可以幻想也可以真實的無限空間，

從閱讀中也為心靈加上了翅膀，可以海闊天空遨遊。

這一套童話的作者不僅對兒童文學學有專精，

更關心下一代的教育，

出版與寫作的共同理想都是為了孩子，

希望能讓孩子們在愉快中學習，

在自由自在中發展出內在的潛力。

—— 簡宛（名作家暨「兒童文學叢書」主編）

丁伶郎　奇奇的磁鐵鞋　九重葛笑了　智慧市的糊塗市民　屋頂上的祕密

石頭不見了　奇妙的紫貝殼　銀毛與斑斑　小黑兔　大野狼阿公　大海的呼喚

土撥鼠的春天　「灰姑娘」鞋店　無賴變王子　愛咪與愛米麗　細胞歷險記

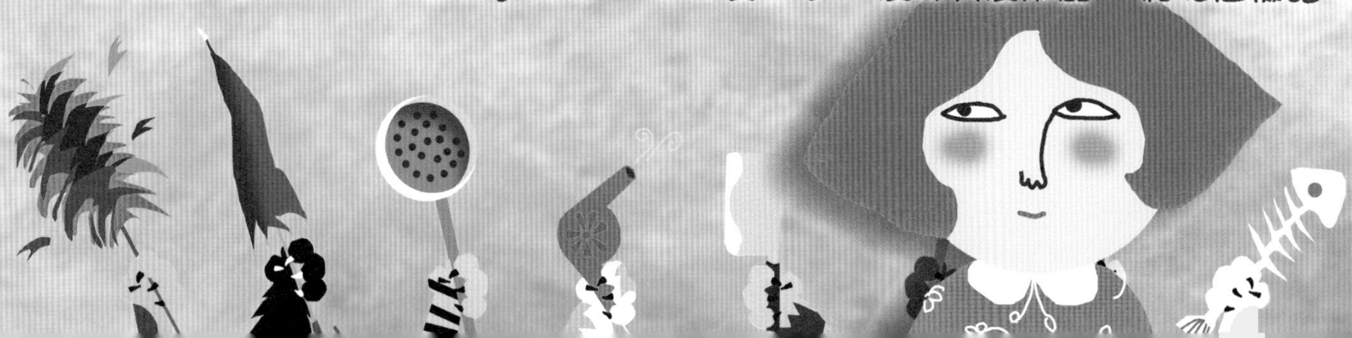

國家圖書館出版品預行編目資料

公公和寶寶／齊玉編.－－修訂初版一刷.－－臺北市：
東大，2008
冊；　公分.－－(公公和寶寶系列)

ISBN 978-957-19-2922-4　(第一冊：平裝)
ISBN 978-957-19-2923-1　(第二冊：平裝)
ISBN 978-957-19-2924-8　(第三冊：平裝)
ISBN 978-957-19-2925-5　(第四冊：平裝)

© 公公和寶寶(四)

編　者	齊　玉
發 行 人	劉仲文
著作財產權人	東大圖書股份有限公司
發 行 所	東大圖書股份有限公司 地址　臺北市復興北路386號 電話　(02)25006600 郵撥帳號　0107175-0
門 市 部	(復北店)臺北市復興北路386號 (重南店)臺北市重慶南路一段61號
出版日期	修訂初版一刷　2008年1月
編　號	E 940120
定　價	新臺幣180元

行政院新聞局登記證局版臺業字第〇一九七號

ISBN　978-957-19-2925-5　(第四冊：平裝)

http://www.sanmin.com.tw　三民網路書店